歌集

六六魚

りくりくぎょ

小島ゆかり

本阿弥書店

六六魚　目次

装幀　小川邦恵

歌集　六六魚

小島ゆかり

天無限大

旅のはじめは旅のをはりに似てさびし足元に紺のトランクを置く

秋しんしんからだの奥に霧ながれトランクはわが紺いろの馬

病む母を時間の谷に置くごとくいくつもの秋の旅を行くなり

こゑにまでもみぢは沁みてああうつくしわれに介護の歳月永し

血のにほふ声とおもへり晴天の山のもみぢのなかのわがこゑ

晩秋の人まばらなる通過駅ふりむけばただ木立のごとし

学生の牧水がゆきし夏の旅追ひかけて深き秋の旅ゆく

湯にほてるからだやはらかくねむりたりもみぢの山の夜のふところ

直情の男に会ひにゆく朝の女はいかに足袋をはきしか

足袋きゆつと穿きてもみぢの奥へ奥へ行きしか恋の女はいつも

牧水の歌碑見る朝を土地びとはがらがらと缶の酒もて来たる

「幾山河」うたひしは二十三歳の牧水なりき　天無限大

二本松峠紅葉　老年の凄きさびしさを牧水知らず

群行の一羽が逸れて乱れたる二、三羽やがて列にもどりぬ

かき抱くやうに大気をひきよせて風に乗りたし腋ふくよかに

山もみぢ闇にしづめば旅人のわれを家居のわれが見てをり

五時半の列車ですここでさやうなら山河へ旅の髪脱け落つる

どの旅の途中なりしか浄土めく刈田にすわる赤犬を見し

放蕩の果てならねども喘息の母が咳する家に帰りぬ

まだわれに山の焚火のにほふらし毛並むらむらと猫ら走れり

パリの黒犬

丘の上のファラオのごとき大公孫樹ひもすがら黄金(わうごん)をこぼせり

傷ましきテロの現場の映像のなか駆け抜けるパリの黒犬

しなやかに動くものあり騒然たるパリの街区の朝の黒犬

たくさんの花束積まれ　たくさんの人ら祈れる　また繰り返す

「昔は」と言ふたびわれを戒むる娘はむかしわれが産みたり

この町にまた冬が来て葉牡丹は遠心力をたくはへてをり

猫用の耳の薬を一、二滴させり毛ぶかき漏斗状の耳へ

うさんくさき自分に気づくいついかなるときも真顔の猫と暮らせば

不可思議のこと

極月の銀河をわたる風の尾の再(ま)たかへるなきニホンオオカミ

年終はる公園しづか赤い実を食べてぽつちりいこふ鳥をり

先生の、父の忌日の十二月十一、十二　柊と雲

ひひらぎの棘ある葉群ひかりつつ一葉（ひとは）も空を傷つくるなし

新しき年の初めのおほぞらの空席に似るしろき浮雲

ここにゐる不思議にましてゐなくなる不可思議のこと　初日のひかり

椿見れば椿に見られわれに棲む死者もつぎつぎ眼をひらくなり

存在は広場のごとし声すぎて影すぎてただ風のなかなる

華甲

新年の空に四重(よへ)なる虹たちし出雲はラフカディオ・ハーンの国なり

八雲たつ出雲八重垣その八重のなごりの四重の虹みせたまふ

申の年五度(いつたび)めぐりご近所の隠居のやうな還暦は来ぬ

白牡丹(はくぼたん)ひらくならずや還暦を華甲とそつと言ひ替ふるとき

ふくらなるひかりのなかの白牡丹ふとしも母となりてふりむく

「つらいわねえ、たのしいわねえ」みづからに声は聞こえて餅菓子を食む

餡好きとなれるころよりつぶつぶと言ふにもあらぬわが声溜まる

猿と蓑虫と手袋

常陸国久慈郡（ひたちのくにくじのこほり）にまどかなる猿のこゑする古古（ここ）の村ありき

そのこころなごめばココと鳴くといふココと鳴く猿を見たることなし

人間に飼はるる猿はひとたびもココと鳴かずに生終はるらん

ココと鳴くよろこびの猿をおもふときココと鳴きたし申のわたしは

来たる秋六十歳になるといふそは他人事のやうなわが事

三分間ゆつくり老いてシーフード・カップヌードル、いただきます

仏壇の埃をぬぐひかなしさが鼻から脳天へ抜けたり

思ひ出を点検すれば椋鳥よ父はあんぐわい弱虫だつた

親を捨て子に捨てられて真当（まつたう）になるのだきつと　華甲におもふ

そのこゑが異様にちかく聞こえつつ昼より夜のメール怖ろし

メール開くメールを閉ぢる仏壇を開くしづかに仏壇閉ぢる

姑に大嘘ついてわらはせて山火事のやうなけふの夕焼け

夕焼けの空に穴ありわたりゆく先頭の鳥見えなくなりぬ

これの世のところどころに穴あるか紛失したる手袋あまた

真冬とは手袋をなくす季節なり寒きこの世の手をもつかぎり

このごろは蓑虫を見ず蓑虫のふくろをのぞくときめきあらず

鬼の子の蓑虫うせて妖怪の父なる水木しげるも逝きぬ

ひたひたと空気つめたくなる時刻だれか死にだれか手袋をする

みのむしのゐないのつぺらぼうのふゆ五本指しつかりはめる手袋

海から来たわたしたち

遠泳のだれかゆくべし冬空の沖ひとところしろく波立つ

眼は老いてまなざし老いず遠泳のあの日の空につづくこの空

留鳥となりてひさしきこの池の白鳥は所帯じみて集へり

水際に立てばすぐさま押し寄せる鯉の貪欲にんげんに似る

見てきたるキンクロハジロいつまでもそんなに見つめないでください

もみあへる魚群のごとく乗り降りす東京メトロ深夜のホーム

地下鉄の夜の車窓にならぶ顔　むかし海から来たわたしたち

鳩の家族

落下傘降下のごとし下の子は妻になり母になると告げたり

世の中によくあることがわが家にも起きて驚く鳩の家族は

ありふれたしかし未知なる人生の　下の娘が母になる夏

塩パンを食べつつおもふ風の音（と）のとほい手紙のやうなみどりご

三月の雨は忍びの女なり音なく降りて音なく止みぬ

やや、これは、ややややや、まこと妊婦なる娘のお腹（なか）せり出してくる

木蓮の白ふくよかな花のなかに蔵（しま）はれてゐんちひさき靴は

春一番はしりうづまく交差路に人体は濃き磁場として立つ

春の日のうらうらに照る姑（はは）の顔ぎんの虚空にひばり上がれり

終はらない姑とのあそび永き日のグーチョキパーをまたはじめから

思想のごとく　～追悼・柏崎驍二さん～

早すぎる訃報は胸に落ちがたく　柏崎さんの歌集ただ読む

わが若くあくがれし歌「干魚(ほしざかな)カンピンタン」は妻恋ひの歌

こんなにもいのち美しく詠まれたりままこのしりぬぐひの花さへ

この世より滅びてゆかん蜩（かなかな）の最後の〈かな〉の旋頭歌を読む

みちのくに生きてうたひしその人の思想のごとく北の窓あり

第二十七回齋藤茂吉短歌文学賞受賞式（歌集『北窓集』）。間に合わなかった。

「北窓集」受賞式なりみちのくにみちのくの呼気ゆたかなる今日

死へ向かふ生といへどもきのふけふ青葉まみれのわれらとなりぬ

山の青葉むくむくとしてうつしみの扁桃腺は腫れ上がりたり

扁桃腺腫れて声なきうつしみは活火山群蔵王を仰ぐ

扁桃腺腫れてくるしき夜もすがらつばくらめおもふ茂吉の歌の

あぢさゐいろの妊婦

咽腫(のど)れて家ごもりゐる青葉どき若冲展にひとびと列(なら)ぶ

あしびきのやまどりの尾のしだり尾の長々し列にわれは列ばず

若沖展見に行かねども高熱のねむりのまにまその獣来る

耳遠き母と妊婦の子とふたり夏の水天宮へ行きたり

水天宮のお守り提げて帰りきぬ顔幼くて妊婦のこの子

卵囊を腹にはぐくむ袋蜘蛛ふくいくとをり朝の草かげ

湧くごとく蜘蛛うまれたりエメラルドグリーンの夏の雨ふるあした

うまれくる無数の蜘蛛のいくつかはたちまち雨に濡れて死にたり

新鮮なみどりのからだ走るなり生まれ出ていま蜘蛛になりたる

うつくしき蜘蛛生まれつぎわが猫に狩猟の炎もえあがりくる

猫たちに虫をいぢむる恍惚のときありて虹いろの両眼(りやうがん)

人生の岐路にあらねどはじめての駅に北口南口あり
どちらでもいいやうな気も、まるでちがふやうな気もする二つの出口
南口に出るべきわれは北口の路地に出でたりとんかつ屋のまへ

とんかつはジュッと揚がりてあかねいろ迷ひ道して子にかへりたし

咽頭炎ながびくうちに谷戸(やと)小のプールびらきの声がするなり

をりをりに咳き込みながら学校のプールをのぞくあやしからずや

六月の曇りの午後をゆらゆらとゆけりあぢさゐいろの妊婦は

産月の娘は腹に手をあててなにか言ひをりわが母のこゑで

祖母といふものになるわれふくれやまぬあぢさゐの花をひそかに怖る

この道はあぢさゐだらけわが生みし子が子を生まんその日近づく

あぢさゐはぎつしりみつしり咲(ひら)くゆゑ母たちの愛のやうで怖ろし

雨の間(ま)の月つやつやしあぢさゐは青い卵を産むかもしれず

沢井さんは明日ラオスに行くと言へり歌会のあとの立ち話にて

ラオスにも紫陽花咲くか世界一ゆるやかにゆく時間のほとり

空井戸のごとく声出ず梅雨のあめ見つつ日ごとに水ばかり飲む

熊本地震からまだ二ヶ月。

うれしさの玉ごろごろと益城町（ましきまち）の益城スイカの出荷のニュース

二人減り一人増えもう一人増えん血縁も義理もわわしき家族

人は死に血は混じり合ひ　雨あとのあざみのやうに家族鮮（あたら）し

クリック

六月の嵐去りたる朝のことしてはならないクリックをせり

なぜなのかなぜなのかわれはパソコンの原稿ファイル抹消したり

書きかけの原稿も保存原稿も消えたり窓にひろがる虚空

あやまちはあとから気づきそしてそれは修復不能であることもまた

パソコンの荒野をちよろりちよろりして方位失ふ古鼠われは

呼吸

出産を娘は怖れ、そののちのながき惑ひを怖るるわれは

海のをんなは海の呼吸で山のをんなは山の呼吸で子を生むならん

子もやがて一生（ひとよ）をかけて知るだらう世界中の母のかなしみ

みどりごの初（うひ）の呼吸をおもふときしら髪に似て風は閃く

母といふこのうへもなきさびしさはどこにでも咲くおほばこの花

われはもや初孫得たり人みなにありがちなれど初孫得たり

下の子はけふ母になり　とほざかる風景のなか夏の雨ふる

二日目のみどりごをガラス越しに見てしばらく立てり白い渚に

姉はいまさびしい草生(くさぶ)いもうとの壮絶爆笑出産談きく

この夏の或る日よりわれは祖母になり祖母といふものは巾着に似る

四世代容(い)れれば入(はひ)る破れさうで破れない古い巾着わたし

おそなつの雨後なほ暑しゆふぞらをわしづかみして鴉飛びたり

なにもかもざぶざぶ洗ひ洗はるる孫の赤子と暮らす八月

台風の豪雨のなかを蟬鳴けりひとすぢのぎんの鉄路のごとし

ひもすがら嵐鳴りゐる窓のうち膨張し収縮しみどりごはをり

中年と老年の境いつならんいちじくいろの雨後のゆふやみ

古猫、彼は

家にても遠くありてもわれはわが古猫（ふるねこ）にひたと見つめられをり

見つめ合ふうち入れ替はることあるをふたりのみ知り猫と暮らせる

十二年ともに在りつつわかるやうで全(また)くわからず猫のこころは

彼は毛にわれはしがらみに覆はれてまたも猛暑の夏に苦しむ

どんみりと猫は寝てをり遠雷のなごりを耳の奥に納めて

猫どちに絆生まれず一匹が三匹になり二匹になれど

朝宵に足をよごして帰り来る若猫を見る古猫、彼は

古猫は老い深むらし火のごとく赤ん坊泣く八月の午後

人ならば六十代に入るものを毛ほども虚飾なくて彼生く

ただならぬえにしおもへどおほかたは寝て暮らすただの古猫、彼は

六六魚

もの思ふ秋もへちまもありません泣きぢから凄き赤ん坊ゐて

本能のこゑ湧きに湧き赤子泣くどこかわからぬこの世蹴りつつ

新涼の肌も白歯もひからせて乳呑み子の母は焼き肉食べる

赤子寝てこくんとしづかカナブンのふいに大きく網戸をのぼる

みづからに見えぬ振り子をおもふなりパンパスグラス高くゆれをり

産声にはじまるいのち六十年生きて秋暑のかなかなを聞く

ゆふぞらの犬の太郎よ君の知る少女はおばあさんになつたよ

人生は矛盾を生きることなのだ。思ひいたりてさらに生きたし

育ちゆくいのち休まず　顔、お腹、手足　老いゆくいのち休まず

みどりごにいまだ歯の無くたらちねにすでに歯の無し目眩(めくるめ)く生

あたらしき命にぎはふ明け暮れの夏終はるころ母転倒す

左顔面はれあがりたる母なれどその声を聞き赤子はわらふ

かはるがはる赤子をあやすそれぞれのこゑに女の齢(よはひ)まぎれなし

女系家族の家に壮年男子来てわれをやさしく「お母さん」とよぶ

山盛りの天ぷら揚げて汗拭けば窓に晶(すず)しき独身の月

また母の咳がとまらず午前より午後あぶらぎる蟬声のなか

鯉の異称、六六魚。

六六魚(りくりくぎょ)あぎとふごとし「疲れた」と言へば二、三枚うろこ剝がれて

赤子まだ知らずこの世の底知れぬ泥のけむりに棲む六六魚

赤子泣くそこは世界の中心でそこは世界の片隅である

真人間

今日からは秋の靴はき真人間のごとき泥つき牛蒡を買ひぬ

充分に生きただらうかいちまいとなりて路上にはりつく蝶は

秋があんまり早く来たから大空にひとりの椅子を置くひまがない

表札ははづされをれど塀のうへはみだす柿はしんじつあかし

歯の治療終はり午前にもかかはらず白玉クリームあんみつ食べぬ

また孫に会ひたけれどもそんなことでは本物の詩人になれず

鳥取部の空

砂丘にも稲藁いろの陽は満ちて秋まだ暑し因幡のくには

伝説の人ならず生きて苦しみし家持おもふ別(わ)きて老年

七五九年歳旦立春の雪はつめたくにほひしか彼に

国庁跡日暮れの〈すなば珈琲〉のコーヒーカップとつぷり深し

羽田行き最終便の窓に見るゆふぞらはむかし鳥取部（ととりべ）の空

秋の妄想

いくつかの旅の続きに　病む母と病院のながき廊下を行けり

脱がなくてよいシャツも脱ぐ母をふとわらふレントゲン技師の贅肉

ざわざわと風こぼしつつ晩秋のからだ重たき馬刀葉椎（まてばしひ）の木

またひと葉、朴の葉ふり来（く）　朴の葉は大昔のそらよりふり来

ふりたまる朴の落葉がをりをりに起き上がりては街を見てをり

後頭部が鹿のお尻のやうである若者につき踏切わたる

「何者」と問ふ若者に「只者」と応へ立ち去る秋の妄想

いつぽんは枯野へつづく分かれ道その道行かん鳥の声する

ひとむれの緋連雀きてひとたばの火を焚くごとしひるの枯野に

紅茶の名アール・グレイは枯野ゆくしづかなる犬の眼おもはす

枯葉ふる午後は紅茶といふ人にうなづきながらコーヒーを飲む

冬物語

あけぐれは神々のつどふ時間にて畑にましろき大根ならぶ

半身を土にうづめて並びゐる冬大根のしろい皃(かほ)がほ

よきことのごとく「駆けつけ警護」と言ふまづはあなたが駆けつけたまへ

東京のにごりのなかにふしぎなる安堵あり冬の雨ふる街路

後鳥羽院の遊離魂かと怖れつつくろこんにやくを湯にしづめをり

枯蟷螂（かれたうらう）つちに下ろしてポケットに古地図のやうなてのひらしまふ

まだ棄てぬ臍の緒ふたつ　ゆふかぜに枯蟷螂はあゆみはじめぬ

石神井（しやくじゐ）を百爺（ひやくぢい）とおもふ子らありしはるかなるわが冬物語

晴れながら遠木枯らしのひびきして枯蟷螂はそらを渡らん

刃を入るる林檎の楕円きしみつつこの夜宇宙から還る人あり

みちのくの林檎つめたし嚙むたびに頭上にしぶく真冬の銀河

武蔵野

はさはさと天にも音し武蔵野のもつともうつくしい冬が来た

冬鵙は単独の鳥くつきりとあらはれて声射るごとく鳴く

武蔵野の森はあたたかちちははのしはぶきに似て枯葉鳴るなり

櫟（くぬぎ）、山毛欅（ぶな）、樫（かし）、楢（なら）、小楢（こなら）　子育ての介護のわれを励ましくれき

ふりあふぐ木の間の空をゆくあれが時間か、すでに見えずなりたり

見張らるる気配かすかに　裸木も常緑の木もまなぶた厚し

落葉は永久(とは)にふりつぐ。武蔵野の木立に古きひかりふりつぐ。

武蔵野の森に夕陽のしづむころわれは煮炊きの炎(ほのほ)点火す

大根と肉しんみりと煮込みつつをりをりのぞく鍋のふところ

ふところに山鳥をかくす媼なり霜ふる夜の古木の森は

花子と重吉

冬あかね見つつおもへりインドゾウの花子アフリカカバの重吉

思ひ出に飛ぶ糞尿はふるさとの動物園のカバの重吉

アフリカ来カバの耳、臀、尻尾までいちはやく詠みし中島敦

だつこひもののママさんたちはぷりぷりの海老のやうなり車中に四人

歳晩のけふことのほか天気よし氏神様の孔雀見にゆく

ひかりの狐

新しき手帳ひらけば跳びきたり二〇一七年のひかりの狐

あらたまの年のはじめの金の尾のひかりの狐あらはれて消ゆ

わが夫は草石蚕(ちょろぎ)読めるか正月の蕎麦屋のまへの小さき黒板

逝く年も来る年もなく古池に鴨ゐて亀ゐて冬日黄金(わうごん)

いくたびか声に出し歌を推敲す枯木に花を咲かせるごとく

吹かれ来てわが手をわたる冬蜘蛛ものつぴきならぬ命生きをり

寒天のかなたを奔る風の音火の音に似て耳燃えあがる

バイク転倒したる交差点上空を何の鳥ならんひるがへるなり

わたしにもこれからがあり子と別れ向かひ側のホームへわたる

ねむり聞き(ぎ)、ねむり語り(がた)をする姑(はは)のうしろの窓に迫る雪雲

ゆであげてもつちりしろき鮹の足　日本列島大寒波来ぬ

寒い寒いけふは夕陽がまつかつかトランプ発言炎上したり

雪くるか夜の老婦人うつくしくカンテラ形のコートでゆけり

雪雲のはれてかがやく雲のあさ大失敗をするかもしれず

雪しまく北の国から便りあり乳牛の子がけさ生まれたり

こんとん

疾風のひと日暮れつつひしひしと木はみづからの歪(ゆが)みを正す

この家にあるいはわれに隙間ふえ早春にまた風邪をひきたり

ひつたりとぬれマスクしてねむる夜からだのなかの街に雪降る

農場の裏道ゆけばきさらぎの中空(なかぞら)に鳥の交差点あり

白猫のたしかゐた家チューリップをこんな大きな鉢にはぐくむ

よく肥えて赤子ねむれり窓辺より匍匐前進してくるひかり

三月の春日真冬日春日くるこんとんのなか木蓮しろし

春雷はとほく鳴りつつもくれんの白花(しらはな)ひとつひとつ身籠もる

もくれんのましろにひかる花を知らず蟻は汚るる花びらを踏む

遠空を見るばかりなり東日本大震災の時間近づく

一羽一羽はばたき鳥は渡れるを見るほどに空は見えなくなりぬ

春の雪　鴉は鴉恋しさに鳴くならんそのこゑのむらさき

文房具店

はるぞらのどこかチカッとひかりつつあけつぱなしの文房具店
ときどきはもんしろ蝶も出入りする文房具店だれかゐますか

あけつぱなしの文房具店だれもゐず間口の幅に風かよふなり

文房具のにほひなつかし交換も一つおまけもなし人生は

みえかくれ紋白とべばあつたやうななかつたやうなあの春のこと

またたくま

春さむくさむく煮炊きの手はつよし菠薐草をざくつと洗ふ

咲きかげん日々に見られてどんなにか恥づかしからん標本木は

飯舘村、浪江・川俣・富岡町、避難解除す　東京は雨

帰る人帰らない人帰れない人どの人も六年老いて

胸痛くかつ胸深くおもふかな南相馬へ行かん五月を

うらわかき顔みな目鼻あはく見ゆ桜ゆたけき大学通り

花咲けばあの世のごとし行く人も来る人も顔しろくほほゑむ

すれちがふ気配つめたきひとりあり過ぎきてあれはさくらとおもふ

それはそれはいい人でしたこれの世のうらへおもてへさくらちるなり

人はやさし人はややこし春の夜の指はきりなく駄菓子をつまむ

「アメリカのシリア攻撃を支持します」「花見のガスコンロに注意を」

核ボタン運ぶアメリカの黒鞄　ちりかひくもる道のむかうに

鳥獣園に来ればしんそこさびしきをまた来て春の帽子を失くす

まなざしのゆらゆらと駱駝近づけばよみがへる〈砂漠の嵐作戦〉

あさかげの鏡のおくに鳥獣の眼ぎつしり潜む闇あり

いくたびも盗まれんとし盗まれずをんなの肌の春の月照る

豊満なる月の真下にねむりたし騎馬民族のやうに今宵は

もの思ひとぎれてわれにかへるとき紋白蝶の白が濃くなる

歌詠むはあられもなくて　この道に連翹がもうこんなに咲いて

連翹が咲けばはるけき声ごゑすまたたくまといふ永き歳月

約束はなし

さくらみな葉ざくらとなり新しき遠近感の街を歩めり

短めのズボンが今年の流行(はやり)らし老人はみな背丈ちぢむを

山椒の木怒りやすくて神妙に木の芽をちぎる味噌を待たせて

筍は無碍に無心に喰らふべし顔中が毛におほはるるまで

このごろは母が元気でゐてくれて日ごと怖るるあかき夕焼け

老人の島ニッポンの軍事化を知らずにあそぶ春子(はるご)のすずめ

春畑の土くちばしに含みたし鳥になりこのうまさうな土を

ここにまたあの鳥くるか明日またわたしは来るか約束はなし

渋の湯

渓川の石間(いはま)の淵のふかくより水うごかして夏の鯉をり

この山でむかし遊んでくれし犬山岳救助犬のシェパード

湯どころはまた坂どころいくたびも上り下りして時空かたむく

五十年ぶりを笑はれ湯田中(ゆだなか)の渋(しぶ)の湯にありいやはやうれし

渋温泉九湯めぐりの六番湯「眼洗いの湯」にながくめつむる

旅の友は歌の友なりこれはもう飲むほかはなし湯田中の夜

地獄谷野猿公苑に来てみれば老猿ひとり夏の湯にをり

ホントのこと

ざつとまたひと雨あらん包丁に水よくなじむ夏のゆふぐれ

空豆はそらまめいろのあどけなさ塩で茹でても出汁で炊いても

豆腐一丁水に沈めてしづかなるこよひ豆腐も雨を聴きをり

冷えやすき女のからだひたひたと雨を溜めゐるふくらはぎあり

五十肩といふといへどもほのかにも若返るなし六十のわれ

老境も佳境に入るかこのごろの母はホントのことばかり言ふ

かなしくてすずしくて雨の街をゆく　亡き人はもう雨に濡れない

胸中の岬にひとり立つことありただはるかなる風にふかれて

くりかへし夏はめぐりて瓜を食むおかあさんおばあさんひいおばあさん

枝豆に〈沖縄北谷(ちやたん)の塩〉を振りふいにおもへり戦争はいやだ

眼のひかりまだ残れるを青銀(あをぎん)の空気ひとすぢ草陰に消ゆ

なにゆゑに三年ならん母はまたあと三年で死ぬからと言ふ

半身を捨ててみみずは隠れたりその半身のしばしかがやく

「んが」

一人また一人別れてわれのみの歩みに深き夜空の音す

街上に穴掘るをとこ穴に入り夜空を照らす夏の満月

女ざかりとはいつなりき夏ごとにひとり歩きの涼しくなりぬ

遊ぶ子のごとくあるいは死のごとくふりかへるたび月が近づく

鍵穴のなかの街にも穴を掘る男がゐるとおもふ月の夜

ゆく夏の母のわたしは油蟬、祖母のわたしは蜩（ひぐらし）ならん

をさなごに鼻つままれて「んが」と言ふ「んが」「んが」古いオルガンわれは

をさなごはくりかへしまたくりかへす「んが」の遊びを「ぶひ」の遊びを

πr（パイアール）まだ知らぬ子とπr（パイアール）忘れしわれと仰ぐ満月

砂いろの陽ざし

亀を乗せ石やはらかく濡れてをり未生・生前・死後の夏あり

亀は石に石はときどき亀になりとろりと瞑（つむ）る時間のまぶた

砂いろの陽ざしのなかでかつてわがママ友なりし人の死を聞く

子を叱り子を笑ひわれら若かりき三十年後をおもひみざりき

われをもう覚えてをらぬその子らと遺影の友を見て帰り来ぬ

喪服のままチョコレート食べ少し泣けりひさしぶりそしてさやうなら友よ

喪服からシャツに着替へて午後四時の酷暑にゆがむ街を見てをり

黒を着て老いきはだてり白を着て寂しさきはだてるなり晩夏

アルミホイルひろげたるときはるかなる子育ての日々りんりんと鳴る

いまだれの声も聞こえず暴力のごとき雨降る午後の街上

声を形をやがてすべてを消すやうな豪雨の街に人草(ひとくさ)そよぐ

大雨ののち吹きおこる風のなかひとふさのしろぶだうをおもふ

眼のなかに不思議な雲はながれつつ姑（はは）はこの朝なにもこたへず

車椅子を木陰に入れてああ涼しみんな忘れてしまつた姑と

もう秋とつぶやきたるはどの亀か石のうへみなふつつり噤(つぐ)む

亀しづみ蜻蛉とび去り秋天下われがもつとも難題である

悪人が善人をふいに突き飛ばすカンナ咲く日の介護のこころ

素脚より秋に入りつつ風またぐやうにひつそり落蟬またぐ

自販機のつり銭こぼす秋のみちこの道はいつか来た道ならず

亡き友の心残りは何なりし　けふは各駅停車に乗りぬ

バナナの歌

あきかぜの朝のバナナは少年の声にて「ここにゐるよ」と言へり

磨きたる窓消えやすし房バナナ置けばバナナのためのテーブル

遠足のバナナ夜食のバナナなどよき日々多くありて今あり

足もとに深闇せまるこのごろは無闇に甘いバナナ食べたし

もつさりとバナナ食べつつ言葉なしむかし恋した夫（をつと）とわたし

あざやかな果肉、つやめく種などのなくてバナナは心落ち着く

バナナむくこんなたのしい手の動き　思ひ出せないあの日この日の

風の翁

チーズ濃く香る朝なり遠景に書物のごとき森ある九月

生日の九月のそらになにもなく生地（きぢ）かたきパンとチーズを食べぬ

こんな夜(よる)はにはとりを抱いてねむりたしなまぐさいあかい月のぼる夜

秋の日の鉄路のにほひ　鶏頭は旅人算の旅をゆくなり

父の名は旅人なりしをその子らの家持、書持むなしかるべし

一羽のみ昏れのこりつつ白鳥は水上駅のやうにさびしき

白鳥は遠ざかるほど美しく死者へつながる水の道あり

いちじくと猫もたれ合ひねむりをり午後の陽たまる古きテーブル

過ぎし日は失はれたる日にあらず今日ここに在るテーブルとわれ

物を食べ物を書きそして物思ふテーブルにわが〈物〉は積もれる

霊園に九月のしろい風ながれ蜥蜴は縞の貌吹かれをり

霊園の丘にのぼれば新しき石の町あり窓のなき町

合唱のひとびとに似てあたらしき墓石群たつ霊園の丘

改札を出ればいきなり夜空あり駅前の大時計なくなり

街路樹の呼吸（いき）ふかくなる秋の夜　一木（ひとき）は鹿のにほひしてをり

雨の夜の窓のかなたに浮かびゐるビル群は赤きけむりのごとし

助動詞の「ず」を調べつつおもふかな友がはぐくむ鶉の「ずっちゃん」

新製品家電のごとく新兵器電磁パルスのニュース聞きたり

恐怖感さへまとまらず秋晴れに北朝鮮のニュース聴くとき

戦争を知らない子供たちだつた僕らの空の赤とんぼ消ゆ

いつのまにか〈いつか〉が〈いま〉に近づいてきてゐる二〇一七年秋

虫の音は天にも聞こえ人類の最後の夜のやうなしづけさ

なにもかも怠けきつたる日の夜は丁寧語にて猫にもの言ふ

秋には秋の顔つきをして怠けずに励まずにゐる猫の生活

人間はめんどくさいな　あきかぜを観測したり感傷したり

去年の秋のわたしのやうな旅鞄いたはりてまた旅ゆかんとす

くりかへしどこへ行くかと聞く母よ大丈夫、　銀河までは行かない

胸ふかく鳥影わたり　年々に旅ゆかぬ日も旅ゆくごとし

ざわざわと雑木ゆれつつ武蔵野の秋は影濃きもののふの秋

千年前、万年前の葉音して武蔵野に風の季節はじまる

その花は風の翁とおもふなり嵐の後（のち）のしろまんじゅしやげ

老人走る　～題詠　日本の秋～

若き日は見えざりしこの風のいろ身に沁むいろの風の秋なる

山萩が咲けばおもほゆ身は燃えて胸分け（むなわけ）に夜をゆきし若鹿（わかしか）

みづからの歳にみづからおどろきて栗まんぢゆうをひとつ食べたり

柿の実はそらの釣鐘あきの日のしじまにかあんかあんと鳴りぬ

桔梗さく秋に生まれてかなしみのふかむらさきがもう喉(のみど)まで

天上は秋　へうへうとれうれうとまぼろしのニホンオオカミがゆく

海も葡萄もまさをに濡れて秋くれば老人走る老人の街

母がわれをわれが子を見るまなざしの奥の細道まんじゅしやげ咲く

夜深し虫の音しげしめつむれば土葬のごとき安息は来ぬ

晩年の父の口癖「すみません」櫨も楓ももみぢの季節

柴犬のふう

わが愛する者なるひとり陶工の友の夫婦の柴犬の風(ふう)

いまごろはもみぢの山に白息(しろいき)のゆたかなるべし美濃の柴犬

犬の名は風（ふう）、陶房の名は風姿（ふうし）　わが友は風の夫婦となりぬ

子をもたず柴犬ふうと棲む友はふつくら清き苔玉作る

家族より犬のこと多く知らせくる友なり四十年の友なり

をりをりの友の手紙は紛失し同封の犬の写真は増えぬ

草に寝る　雪を頬張る　柴犬のふうはだんだんいい顔になる

鳥影

紹介状をバトンのごとく渡されて母と行く三つめの病院

病院は古城のごとし母を置きひとり帰れる夜の背後に

耳寒し。もみぢはきつとわれを呼ぶこゑなり。母が病院で待つ

来よと言ひ早く帰れと言ふ母よいくたびもわれを鳥影よぎる

母のもの洗濯をして陽に干してたためば小さくなりて悲しき

病む母が鳥影のごと胸に来る空港ロビー待ち時間すこし

滑走のまへの小さき機窓より雨中にあそぶ雀見てをり

雲のしたに遠ざかりゆく東京は魚卵のやうな夕映えのとき

鴨のこゑ

地下書庫は銀河のにほひ冬くればイーハトーブのごとき図書館

噴水のむかうに鳩の遊ぶ見え　下の子にもう夫と子があり

群鳩は噴水をつかむあそびして冬空へちる微粒子われは

たちまちに声のみとなり行く鳥のゆふやけぞらの喉ふかくゆく

これまでをみんな見てゐた十人の皺の顔あり両手の指に

病む母をねむらせ長くすわりをり臀部にたまるさびしき時間

せつぱつまつたこころはふいに無になりて鴨のこゑにてクワと鳴きたり

鴨のこゑ出でたるわれに驚けり天空はるかにじむ日輪

クワと鳴きクワクワと鳴き喉あかるしけふは真冬の水上をゆく

冬の陽をあたまに乗せて水上をゆくとき鴨のわれはかがやく

ああここに忘れてゐたかベーカリーの棚のトレイにわが心載る

みづからをまづいたはれと言ふごとく胸に抱ふるパンあたたかし

つまづいて、鍵落とし、拾ひ、歩き出す一部始終を鴉に見らる

歳晩へ急ぐ時間をせきとめるひらがなばかりの小一の歌

極月は鯨のやうに濡れながら列島をいま過ぎ行かんとす

歌びと

新年にわらわら集ふもののうちわたしはだれを生んだのだらう

あつけなく人は死にまたなかなかに人は死に得ず寒鴉鳴く

寒がらす鳴けばにはかに黒髪のつやめきいでて水飲む娘

だれがいちばん先に死ぬかとにぎはへり歌びとたちの新年会は

死者生者あることないこと歌びとの噂ばなしは千年を超ゆ

宴ののちそれぞれあふぐ冬の月をんなは喉の仏を隠し

月読男(つくよみのをとこ)と酒をのむほどの奇(く)しき齢(よはひ)にいまだ至らず

新月の冥さなりしか年齢をかぞへぬころのにんげんの死は

雪と湯気

晴れながら雪ふりながら湯気しろくふくらみながら湯布院はあり

湯の山の湯気はいきもの呼吸する湯気を濡らして降るひるの雪

湯の山の湯気に吸はるる雪やがて湯気を消し天地を消したり

雪と湯気の底なるごとき山の湯の夜どこからか黒猫は来ぬ

由布岳はふたこぶの山ひと夜明けひとこぶづつが雪にかがやく

太陽の仕事

岩かげに水仙ゆるる映像の木造船に海のゆきふる

雪のにほひかすか嗅ぎあて空腹は空にちかづく時間とおもふ

もの食ふはいのちの仕事寒の夜をやつさもつさと毛蟹食ふなり

いちれつにかいつぶり照る冬の池一羽にひとつ太陽はあり

水鳥の羽ふくらます太陽の仕事みてをり大寒のけふ

それぞれの鼻梁をもちて平昌（ピョンチャン）の強風に立つジャンプの選手

飛翔してひかりの宙に身をそらす白鳥彼は、ショーン・ホワイト

肉体の山河うつくし百分の二秒はどんな風の谿なる

何の競技に出てみたいかとおもふさへ愉し不遜なる六十代われ

蜜蜂

はるかなる波動を聴かんいまごろは春毛ととのふ屋久鹿のむれ

思ふたびこちら向きなる鹿のかほ絶対音感の耳立てながら

もりあがる天鵞絨（びろーど）の苔をふむ鹿のほのぼのと濃き快楽おもふ

窓近く眠れば夜の風音も風なき音もひしひしと聴く

なんのカードかすぐわからなくなるだらう閉店をするパン屋のカード

家中の掃除をすればわが知らぬものの気配す壁ぎははとくに

癌のことしづかに話す友の手のサルビアいろの指輪みてをり

精神は油断しやすく身体は油断ゆるさぬ齢(よはひ)となりぬ

銀河より吹く風すずしスティーブン・ホーキング博士風に乗りたり

どの鳥も横顔なれば見えぬその半顔おもふ図鑑ひらくたび

訃報ありひかりあふるる三月の予定変更のひとつのごとく

きそのまま夕刊のあるテーブルを見てをり死者のまなざしに似て

ゐんどうの花咲けばとほくまで晴れて働き蜂の飛行はじまる

花わたる蜜蜂がきんの尻ふれば生死の界(さかひ)ざわざわとする

ひと木のみ異様に多く花もてる白木蓮あり路地の行き止まり

猪野々

土佐のくに猪野々(ゐのの)の山にけふは来てうなじつやめく春の鳶見つ

たつた三年猪野々に棲みて歌詠みし吉井勇を土地びと愛す

よき歌の歌碑見るよりもそこにゐるこの山の猫と遊びたしわれは

しみじみと長寿時代のわれら聴く「命短し恋せよ乙女」

炉端には大徳利と渓川の魚あり勇の草庵にいまも

春の日

遠目には同じ顔してわれらしき祖母と孫とがあそぶ春の日

母となり祖母となりあそぶ春の日の結んで開いてもうすぐひぐれ

われに似る小さき人よ今日の日を君は忘れよわれは忘れず

あとがき

タイトルの「六六魚」（りくりくぎょ）は鯉の異称である。からだの側線一列に三十六枚の鱗があることから、この呼び名がついたという。じっさいにはそれほど正確でもないらしいが、六十歳ではじめて知った、この呪文のようなひびきの言葉が気に入って、タイトルに借りた。

年々、現代社会の凄まじい変化にうろたえるばかりだけれど、それでも、自然や人や言葉の不思議ななつかしさが、歌を作るよろこびをわたしにもたらしてくれる。

本集は、二〇一五年秋から二〇一八年春までの、おおよそ二年半の作品の中から、四四八首を収めました。『馬上』に続く十四冊目の歌集になります。

これまでと同様、引用の場合を除きカッコ内とカタカナのみ、新仮名表記を用いています。

刊行にあたっては、本阿弥書店の奥田洋子様、沼倉由穂様にたいへんお世話になりました。そして、小川邦恵様にはすばらしい装丁をしていただきました。ありがとうございました。

二〇一八年七月十四日

小島ゆかり

六六魚（りくりくぎょ）

コスモス叢書第一一四三篇

平成三十年九月一日　初版発行
平成三十一年一月二十九日　第二刷
令和元年八月二十九日　第三刷

著　者　小島ゆかり
発行者　奥田　洋子
発行所　本阿弥（ほんあみ）書店
東京都千代田区神田猿楽町二―一―八　三恵ビル
〒一〇一―〇〇六四
電　話　〇三（三二九四）七〇六八（代）
振　替　〇〇一〇〇―五―一六四四三〇
印刷製本　日本ハイコム
定　価　本体二六〇〇円（税別）

ISBN978-4-7768-1389-7　C0092（3105）　Printed in Japan